GABRIEL ANTHONY LOPEZ

AZIMUTHAL

AZIMUTAL

Inquiries and Book Orders should be addressed to:

Great Writers Media
Email: info@greatwritersmedia.com
Phone: 877-600-5469

ISBN: 978-1-959493-30-3 (sc)
ISBN: 978-1-959493-31-0 (hc)
ISBN: 978-1-959493-27-3 (ebk)

This book is dedicated to my loving and caring mother.

She was one of the world's best. I will always remember those times she was at my swim team meets, Boy Scouts, and academic events. I will remember her wittiness and attentiveness to events in the greater outside world. As a mom, she was one of God's best. She put me through the best schooling she could think of, given where she was from and not thinking about how much money it costs, and she always wished the world for me.

* * *

Este libro está dedicado a mi amorosa y cariñosa madre.

Ella era una de las mejores del mundo. Siempre recordaré esos momentos en que ella estaba en mi equipo de natación, Boy Scouts y eventos académicos. Recordaré su ingenio y atención a los eventos del gran mundo exterior. Como madre, fue una de las mejores de Dios. Ella me hizo pasar por la mejor educación que pudo pensar, teniendo en cuenta de dónde era y sin pensar en cuánto dinero costaba, y siempre deseó el mundo para mí.

I

Geno looked out the Earth Station as it sped past Earth. Earth looked like it always had, minus some cyclonic activity in the Pacific Ocean. His father, Krev, just came in from a monitoring station and went into his bedroom. It was the year 2350, and Geno somehow knew his father was important to this mission about Earth. Geno quickly called Lunar Base where Ignacio was staying for the time.

"Hey," he said, "everything good at Lunar Base?"

"Yes," said Ignacio. "Lunar Base is checking in A-OK."

"How are things besides A-OK?" asked Geno.

"Well, the food started to dwindle a little while ago," answered Ignacio.

*　*　*

Geno miró por encima de la Estación Terrestre mientras aceleraba en la trayectoria hacia la Tierra. La Tierra se veía como siempre, menos alguna actividad ciclónica en el Océano Pacífico. Su padre, Krev, acaba de llegar de una estación de monitoreo y entró en su dormitorio. Era el año 2350 y Geno sabía de alguna manera que su padre era importante para esta misión sobre la Tierra. Geno rápidamente llamó a la Base Lunar donde Ignacio se alojaba por el momento.

"Oye," dijo, "¿todo bien en la Base Lunar?"

"Sí," dijo Ignacio. "La Base Lunar está registrando A-OK."

"¿Cómo están las cosas además de A-OK?" preguntó Geno.

"Bueno, la comida empezó a escasear hace un rato," respondió Ignacio.

Geno put on his gravity boots since the antigravity generators started to deplete on Earth Station. He made his way cautiously down a long hallway to the food dispenser. Geno kept wondering about his father, Krev, and what the Planetary Defense for Geology and Geography was saying to him.

There had not been any seismic activity on Earth for quite some time, and they kept doing missions to the planet, and so did Lunar Base. Geno was only twenty-three years old Earth time, but lately, he could not sleep. He kept waking up as if he had forgotten something in the middle of the night Earth time. Geno looked up at a screen and touched it.

Ignacio popped up on it. He was shaving his face. Geno turned and put his half-eaten plate of food in a trash dispenser.

"So far, Lunar Base could be doing better," Ignacio said cynically. "I had to shave today."

"Ah, I see," said Geno.

Ignacio was from Mexico, but after the geologic cataclysm on Earth over a century ago, the country had allied with the rest of the Americas, especially where Geno was from, the United States of America. Geno looked down as he plodded his way through the mess hall and came across an old NASA decal and patch lying on the floor. That had changed also since the great cataclysm. The San Andreas fault line had finally broken up, and California's major populations had dwindled. The Yellowstone eruption had occurred. Thereafter, the planet stopped receiving seismic activity.

Ignacio was always the jokester. He had probably paid someone to put them there to taunt Geno. Geno did not want to remember the great cataclysm, but he did know the ensuing planetary union, including Earth Station orbiting Earth and Lunar Base on the Moon.

"Well, despite our quiet conversation, I hope we're still friends, Geno," said Ignacio.

"Yes, we are," said Geno. "Ever since school and planetary induction that is."

Geno once read a book about dreams by Carl Jung. He wasn't sure if that was a good thing or a bad thing that Ignacio had been having wild dreams.

"What do you think of these dreams?" asked Geno. "Well, at first, I'm relaxed, but then I'm afraid," answered Ignacio.

"Afraid of what?" asked Geno.

"The future, of course," answered Ignacio.

Ignacio clicked the screen to turn it off, bidding Geno a good day and good night until they contact each other again. Geno touched his gravity boots again. He made his way back to his bedroom. He wondered what his father, Krev, was doing. Once he walked into his bedroom, he took off his gravity boots again and began floating. He was tired after eating. His father was still in his room; he vaguely heard him going through some papers and some computer pads. As Geno laid back on his bed, he could not help but wonder what Ignacio was saying about his dreaming. Maybe he would have some out-there dreams too.

*   *   *

Geno se puso sus botas de gravedad desde que los generadores antigravedad comenzaron a agotarse en la Estación Terrestre. Caminó con cautela por un largo pasillo hasta el dispensador de comida. Geno seguía preguntándose acerca de su padre Krev y qué le estaba diciendo la Defensa Planetaria para Geología y Geografía.

No había habido ninguna actividad sísmica en la Tierra durante bastante tiempo, y siguieron haciendo misiones al planeta, al igual que la Base Lunar. Geno tenía solo veintitrés años en el tiempo de la Tierra, pero últimamente no podía dormir. Siguió despertándose como si hubiera olvidado algo en medio de la noche en el tiempo de la Tierra. Geno miró una pantalla y la tocó.

Ignacio apareció en él. Se estaba afeitando la cara. Geno se giró y puso su plato de comida a medio comer en un dispensador de basura.

"Hasta ahora, la Base Lunar podría estar major," dijo Ignacio con cinismo. "Tuve que afeitarme hoy."

"Ah, ya veo," dijo Geno.

Estados Unidos de América. Geno miró hacia abajo mientras caminaba pesadamente por el comedor y se encontró con una vieja calcomanía y un parche de la NASA tirados en el suelo. Eso también había cambiado desde el gran cataclismo. La línea de falla de San Andrés finalmente se había roto y las principales poblaciones de California se redujeron. La erupción de Yellowstone había ocurrido. A partir de entonces, el planeta dejó de recibir actividad sísmica.

Ignacio siempre fue el bromista. Probablemente pagó a alguien para que los pusiera allí para burlarse de Geno. Geno no quería recordar el gran cataclismo, pero sí conocía la unión planetaria resultante, incluida la Estación Terrestre que orbita alrededor de la Tierra y la Base Lunar en la Luna.

"Bueno, a pesar de nuestra conversación tranquila, espero que sigamos siendo amigos, Geno," dijo Ignacio.

"Sí, lo somos," dijo Geno. "Desde la escuela y la inducción planetaria."

"¿Has podido dormir?" preguntó Geno.

"No, mis sueños han sido salvajes, sin embargo, con el poco sueño que he estado durmiendo," respondió Ignacio.

"¿En realidad?" dijo Geno. "Me he estado despertando como si hubiera olvidado algo, sin soñar en absolute."

Geno leyó una vez un libro sobre sueños de Carl Jung. No estaba seguro de si era bueno o malo que Ignacio hubiera estado teniendo sueños salvajes.

"¿Qué piensas de estos sueños?" preguntó Geno.

"Bueno, al principio estoy tranquilo, pero luego tengo miedo," respondió Ignacio.

"¿Asustado de qué?" preguntó Geno.

"El futuro, por supuesto," respondió Ignacio.

Ignacio hizo clic en la pantalla para apagarla y le deseó a Geno un buen día y buenas noches hasta que se pusieran en contacto nuevamente. Geno volvió a tocar sus botas de gravedad. Regresó a su dormitorio. Se preguntó qué estaría haciendo su padre Krev. Una vez que entró en su habitación, se quitó las botas de gravedad y comenzó a flotar. Estaba cansado después de comer. Y su padre estaba todavía en su habitación; lo escuchó vagamente revisando algunos papeles y algunos blocs de notas de computadora. Mientras Geno se recostaba en su cama, no pudo evitar preguntarse qué estaba diciendo Ignacio sobre su sueño. Tal vez él también tendría algunos sueños.

II

The next day, Krev woke Geno up. The Planetary Defense for Geology and Geography just had a meeting. The news was bad. The political situation on Earth collapsed because of increased seismic activity. Clandestine mining operations had been the culprit. Krev alerted Mars Base to see what they could do, if anything, to make Earth stable again. And there lay Kakuro. Kakuro was a friend of Geno's, even during school and during planetary initiation into the Planetary Defense for Geology and Geography.

"C'mon, wake up," said Krev.

"Nope," said Geno. "I just had this dream. A dream you were at Mars before it was terraformed."

"Before it was terraformed!" said Krev. "You're seeing things. That happened almost a hundred years ago. C'mon, I have to show you something, Geno."

Geno's father had always been a mystery to him. His duties were a mystery to him. Geno at times felt like he was an old human word called being sheltered. Krev never let him know what his real duties were.

"Where are we going?" asked Geno. "You'll see!" answered Krev.

They grabbed their gravity boots; the gravity generators had not come back online. Krev seemed enthusiastic, but why? Geno wondered even more to himself. Was he finally going to tell him the secret to his duties at the Planetary Defense for Geology and Geography? Krev and Geno walked to a place called Stellar Cartography.

Krev scanned his hand over the console of Earth Base's Stellar Cartography. As soon as he did that, the room went dark, and Geno was covered with stars, and at the center was the solar system—our solar system. Geno tried to read his father's face but couldn't. It was a mixture of sadness and bluntness, like he was about to say something.

"Geno, have you ever felt you were meant for something—perhaps greater than yourself?" asked Krev.

"None," answered Geno.

"Well, today, seismic activity on Earth started," said Krev.

Geno acknowledged this fact because Earth showed data signs. He touched the holographic image of Earth, and dots were connecting to all the recent seismic places on Earth had happened. "Too many," he murmured to himself.

Krev touched Earth Base twice, and Geno immediately found himself flying through the solar system and not on ion drive. The holographic demonstration suddenly stopped at Jupiter.

Geno knew Jupiter had a station simply called Jupiter Station, but he also knew what lay beyond that was dangerous. Why was his father showing this to him?

"Why Jupiter Station?" inquired Geno.

"Well," replied Krev, "seismic activity on Earth has started, and on Jupiter Station is the answer."

Geno knew from his planetary induction to the stations throughout the solar system that the stations had been collecting not just data, and realized the secret to Earth's future was some kind of geologic healing process only found on the moons orbiting Jupiter.

"I think the Planetary Defense for Geology and Geography may send you to Jupiter Station," said Krev with a wink.

"You mean after all this time? Is everything all right, Father?" asked Geno.

Geno needed to tell someone this, perhaps Kakuro, one of his friends. But Kakuro already knew how his father wanted to tell Geno and ran away from the danger placed by his father. But like all humans, Geno had duties, even though he was only twenty-three years old. Geno physically winced at the suggestion. Krev wouldn't agree to any of this.

"Geno," said his father, Krev, "you're on the first flight out to Mars Base then Jupiter Station."

* * *

Al día siguiente, Krev despertó a Geno. La Defensa Planetaria para Geología y Geografía acaba de tener una reunión. Las noticias eran malas. La situación política en la Tierra colapsó debido al aumento de la actividad sísmica. Las operaciones mineras clandestinas habían sido las culpables. Krev alertó a la Base de Marte para ver qué podían hacer, en todo caso, para que la Tierra volviera a ser estable. Y allí yacía Kakuro. Kakuro era amigo de Geno incluso durante la escuela y durante la iniciación planetaria en la Defensa Planetaria para Geología y Geografía.

"Vamos, despierta," dijo Krev.

"No," dijo Geno. "Acabo de tener este sueño. Un sueño en el que estabas en Marte antes de que fuera terraformado.

"¡Antes de que fuera terraformado!" dijo Krev. "Estás viendo cosas. Eso sucedió hace casi cien años. Vamos, tengo que mostrarte algo, Geno."

El padre de Geno siempre había sido un misterio para él. Sus deberes eran un misterio para él. Geno a veces se sentía como si fuera una vieja palabra humana llamada "estar protegido." Krev nunca le hizo saber cuáles eran sus verdaderos deberes.

"¿A dónde vamos?" preguntó Geno. "¡Verás!" respondió Krev.

Agarraron sus botas de gravedad; los generadores de gravedad no habían vuelto a funcionar. Krev parecía entusiasmado, pero ¿por qué? Geno se preguntó aún más para sí mismo. ¿Iba finalmente a decirle el secreto de sus deberes en la Defensa Planetaria para Geología y Geografía? Krev y Geno caminaron hacia un lugar llamado Cartografía estelar.

Krev escaneó su mano sobre la consola de la Cartografía Estelar de la Base Terrestre. Tan pronto como hizo eso, la habitación se oscureció y Geno se cubrió de estrellas, y en el centro estaba el sistema solar, nuestro sistema solar. Geno trató de leer el rostro de su padre pero no pudo. Era una mezcla de tristeza y franqueza, como si estuviera a punto de "Bueno, hoy comenzó la actividad sísmica en la Tierra," dijo Krev.

Geno reconoció este hecho porque la Tierra mostró señales de datos. Tocó la imagen holográfica de la Tierra, y los puntos se conectaron a todos los lugares sísmicos recientes en la Tierra que habían ocurrido. "Demasiados," murmuró para sí mismo.

Krev tocó la Base Terrestre dos veces, y Geno inmediatamente se encontró volando a través del sistema solar y no en un motor iónico. La demostración holográfica se detuvo repentinamente en Júpiter.

Geno sabía que Júpiter tenía una estación llamada simplemente Estación Júpiter, pero también sabía que lo que había más allá era peligroso. ¿Por qué su padre le estaba mostrando esto?

"¿Por qué la estación Júpiter?" inquirió Geno.

"Bueno," respondió Krev, "la actividad sísmica en la Tierra ha comenzado. Y en la estación Júpiter está la respuesta."

Geno sabía por su inducción planetaria a las estaciones en todo el sistema solar que las estaciones habían estado recopilando no solo datos y se dio cuenta de que el secreto del futuro de la Tierra era algún tipo de proceso de curación geológico que solo se encuentra en las lunas que orbitan alrededor de Júpiter.

"Creo que la Defensa Planetaria para Geología y Geografía puede enviarte a la Estación Júpiter," dijo Krev con un guiño.

"¿Quieres decir después de todo este tiempo? ¿Está todo bien, padre?" preguntó Geno.

Geno necesitaba contarle esto a alguien, quizás a Kakuro, uno de sus amigos. Pero Kakuro ya sabía cómo su padre quería decirle a Geno y huyó del peligro puesto por su padre. Pero como todos los humanos, Geno tenía deberes, a pesar de que solo tenía veintitrés años. Geno hizo una mueca físicamente ante la sugerencia. Krev no aceptaría nada de esto.

"Geno," dijo su padre Krev, "estás en el primer vuelo a la base de Marte y luego a la estación de Júpiter."

Geno boarded the ion-powered spaceship. He had a computer pad in hand, and a holographic image of Kakuro popped up on the computer pad. Geno never liked sleep chambers in the ion ships. The journey would only last a month. There had been rumors of a true enemy out there, rumors of people dying in their hypersleep chambers. It was the rule of the Planetary Defense for Geology and Geography for every passenger to communicate via dreams in their sleep. Geno slowly walked out of an orbital from Earth Station. He had taken the elixir to slow down metabolic processes and assist the brain in the journey.

Geno became frightened as he neared the ship. Kakuro was phoning via the computer before the journey was beginning. Geno touched the computer pad.

"Ready for the long nap?" asked Kakuro.

"Well, maybe," answered Geno. "I'm going to go through the process of checking and rechecking the ship before the journey. I already took the elixir. I'm in one of the orbitals outside Earth Station."

"OK, gotcha," said Kakuro.

Geno was nervous. As he walked through the orbital, he released his gravity boots and began to float to the docking point with the spaceship. He inserted his badge. Suddenly, the orbital did not let Geno in the ship. "Lockdown, initiated," said the computer.

Geno was wondering why the lockdown had been initiated. Geno began to panic. Outside was the glistening sphere of Earth, and as Geno peered through the glass of the orbital separating him from the cold outside of space, he saw Earth-bound ships being deployed from the Earth Station. Earth Station seemed encumbered by recent seismic and geologic developments on Earth

* * *

Geno abordó la nave espacial impulsada por iones. Tenía una computadora en la mano y una imagen holográfica de Kakuro apareció en la computadora. A Geno nunca le gustaron las cámaras para dormir en las naves de iones. El viaje solo duraría un mes. Había rumores de un verdadero enemigo por ahí, rumores de gente muriendo en sus cámaras de hipersueño. Era la regla de la Defensa Planetaria para Geología y Geografía que cada pasajero se comunicara a través de sueños mientras dormía. Geno salió lentamente de un orbital desde la estación terrestre. Había tomado el elixir para ralentizar los procesos metabólicos y ayudar al cerebro en el viaje.

Geno se asustó al acercarse a la nave. Kakuro estaba llamando a través de la computadora antes de que comenzara el viaje. Geno tocó el teclado de la computadora.

"¿Listo para la larga siesta?" preguntó Kakuro.

"Bueno, tal vez," respondió Geno. "Voy a pasar por el proceso de revisar y volver a revisar el barco antes del viaje. Ya tomé el elixir. Estoy en uno de los orbitales fuera de la Estación Terrestre.

"Está bien, te tengo," dijo Kakuro.

Geno estaba nervioso. Mientras caminaba por el orbital, soltó sus botas de gravedad y comenzó a flotar hacia el punto de acoplamiento con la nave espacial. Insertó su placa. De repente, el orbital no dejó entrar a Geno en la nave. "Bloqueo, iniciado," dijo la computadora.

Geno se preguntaba por qué se había iniciado el cierre. Geno comenzó a entrar en pánico. Afuera estaba la reluciente esfera de la Tierra, y cuando Geno miró a través del cristal del orbital que lo separaba del frío exterior del espacio, vio naves con destino a la Tierra que se desplegaban desde la Estación Terrestre. La Estación Terrena parecía obstaculizada por recientes desarrollos sísmicos y geológicos en la Tierra.

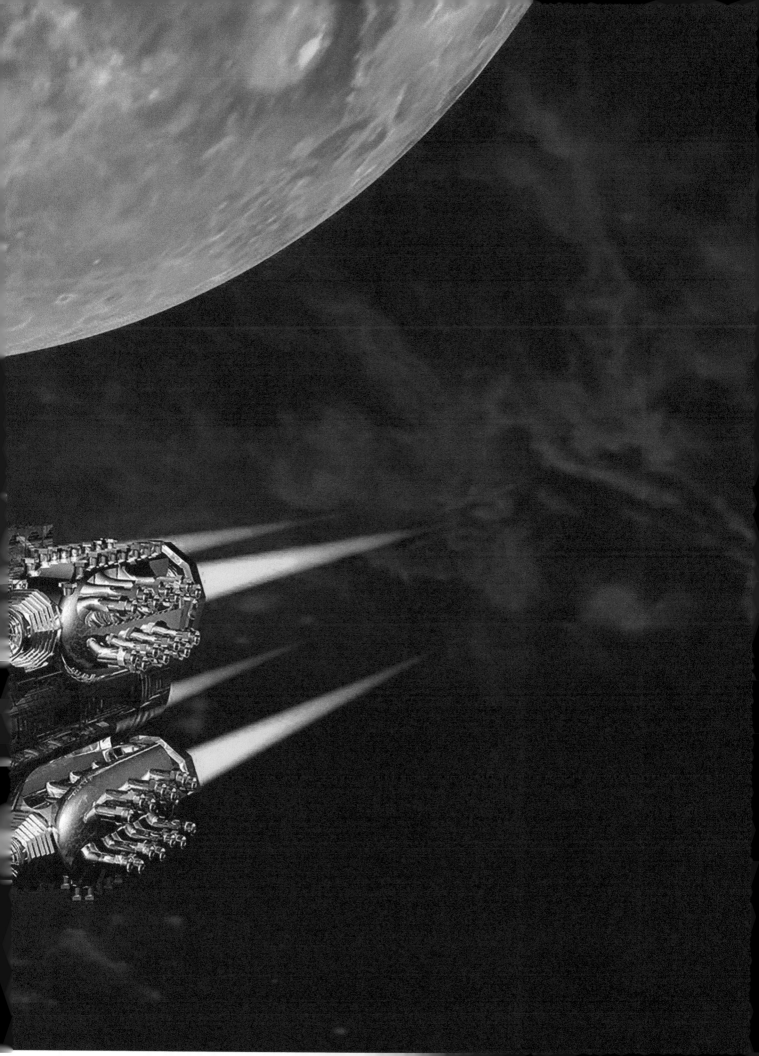

"Ships being deployed," said the computer.

Geno stopped panicking again and listened attentively to the computer. He grabbed his computer pad. He had about an hour before the elixir to begin the journey to Mars began to wear off. Geno started to read the computer pad. The ships were being deployed to the Southern Hemisphere. Antarctica was experiencing volcanic activity. Most humans understood the risk of inhabiting Earth Station orbiting Earth and being based on Lunar Base on the Moon, but it was a wild gamble after almost 250 years of spaceflight and advances in science.

Geno looked at this computer pad again. Kakuro was phoning him. Geno touched the computer pad.

"What happened?" asked Kakuro.

"Ships have been deployed to Earth," answered Geno. "Why?" asked Kakuro.

"There is seismic and volcanic activity in Antarctica," answered Geno. "Earth Station put a stop to my launch. Hopefully, I don't have a bad metabolic reaction to not being plugged into the ship or go through withdrawals."

"I hope not," said Kakuro.

Only time would tell what would happen to the panic- stricken Geno. Earth was failing the planetary defenses test. It was showing that it was unstable. Geno still didn't understand the reaction of his father, Krev, to suddenly put him on a spaceship journey. What did Krev want him to do to save Earth? He was only beginning to find out the massive plot the Planetary Defense for Geology and Geography had for Earth. But it somehow involved him.

* * *

"Naves siendo desplegadas," dijo la computadora.

Geno dejó de entrar en pánico nuevamente y escuchó atentamente la computadora. Agarró su computadora. Tenía alrededor de una hora antes de que el elixir para comenzar el viaje a Marte comenzara a desaparecer. Geno comenzó a leer el teclado de la computadora. Los barcos estaban siendo desplegados en el hemisferio sur. La Antártida estaba experimentando actividad volcánica. La mayoría de los órbita alrededor de la Tierra y estar basados en la Base Lunar en la Luna, pero fue una apuesta descabellada después de casi 250 años de vuelos espaciales y avances en la ciencia.

Geno miró de nuevo este panel de computadora. Kakuro lo estaba llamando. Geno tocó el teclado de la computadora.

"¿Qué pasó?" preguntó Kakuro.

"Se han enviado naves a la Tierra," respondió Geno. "¿Por qué?" preguntó Kakuro.

"Hay actividad sísmica y volcánica en la Antártida," respondió Geno. "La Estación Terrena detuvo mi lanzamiento. Con suerte, no tengo una mala reacción metabólica por no estar conectado a la nave o pasar por retiros."

"Espero que no," dijo Kakuro.

Solo el tiempo diría qué pasaría con Geno, presa del pánico. La Tierra estaba fallando en la prueba de las defensas planetarias. Estaba demostrando que era inestable. Geno todavía no entendía la reacción de su padre Krev al ponerlo repentinamente en un viaje en una nave espacial.

¿Qué quería Krev que hiciera para salvar la Tierra? Apenas estaba comenzando a descubrir el complot masivo que la Defensa Planetaria para la Geología y la Geografía tenía para la Tierra. Pero de alguna manera lo involucró.

IV

Geno continued to panic. The elixir was starting to overtake his body systems. He started to run through the orbital. He had to get to the Med Orbital. *What is going on?* he thought.

They released too many ships to Earth. Even then, the elixir to help him propel to Mars should not have backfired with his bodily system. Geno touched his computer pad again. It failed. Kakuro's image did not pop up.

When Geno got to an end to the orbital, he touched another computer pad with his badge. He needed to get into contact with his father. "Where is Krev Ost?" said Geno.

The computer lit up as it began to scan through Earth Station data.

"Krev Ost is located in the Science Orbital," said the Earth Station computer.

Geno blinked. What was he doing? He didn't know there were any scientific experiments occurring. But what was going on? They launched too many spacecraft to Earth. Was Earth breaking up? Beads of sweat started to run down Geno's face. He still needed to make it to the Med Orbital and then make it back to the Launch and Dock Orbital. Would he be able to make it to the Science Orbital to warn his father to launch to Mars too?

* * *

Geno siguió entrando en pánico. El elixir estaba comenzando a apoderarse de sus sistemas corporales. Empezó a correr a través del orbital. Tenía que llegar al Orbital Med. ¿Qué está pasando? el pensó.

Lanzaron demasiadas naves a la Tierra. Incluso entonces, el elixir que lo ayudó a impulsarlo a Mar no debería haber fallado en su sistema corporal. Geno volvió a tocar el teclado.

Cuando Geno llegó al final del orbital, tocó otra computadora con su placa. Necesitaba ponerse en contacto con su padre. ¿Dónde está Krev Ost? dijo Geno.

La computadora se encendió cuando comenzó a escanear los datos de la estación terrestre.

"Krev Ost está ubicado en el Science Orbital," dijo la computadora de la Estación Terrestre.

Geno parpadeó. ¿Que estaba haciendo? No sabía que estaban ocurriendo experimentos científicos. Pero, ¿qué estaba pasando? Lanzaron demasiadas naves espaciales a la Tierra. ¿Se estaba rompiendo la Tierra? Gotas de sudor comenzaron a correr por la cara de Geno. Todavía necesitaba llegar al Orbital Med y luego regresar al Orbital de Lanzamiento y Muelle. ¿Sería capaz de llegar al Science Orbital para advertir a su padre que también se lance a Marte?

Everything was moving too quickly. The computer led him into the main part of Earth Station. Geno began to run. Geno wanted someone to be there with him. He held his stomach. He began to puke. He dropped his computer pad on the station's floor. He must make it to the Med Orbital. *Where are Ignacio and Kakuro?* he thought.

Geno continued to run. The elixir continued to backfire, and he began to foam at the mouth.

As Geno was running, he started to develop double and tunnel vision. He could barely see. Geno didn't know how much time had passed or who took his badger, but later, he found himself grasping for breath on Med Orbital floor, with artificial intelligence doctors and nurses.

"Is everything all right?" asked one of the AI doctors. "No," squealed and murmured Geno all at once. "I need a couple of shots to counteract the side effects of the elixir meant for sleep to Mars," ordered Geno.

"All right then," said a group of artificial intelligence nurses and doctors. "But first, we must give you a scan of your body."

"OK. But hurry," said Geno.

Geno was immediately placed on a medicine table. The body scan started. It scanned for about a minute before the AI doctors and nurses all yelled simultaneously, "Clear!"

"Now we are administering the serum to counteract the elixir meant for sleep to Mars," said one of the AI doctors.

Once the doctors and nurses administered the serum, Geno began immediately to wonder where his father was. He wondered how long did he have until the serum fully kicked in. Geno lost his original computer pad, so instead he jumped down from the medicine table and began searching the Med Orbital for a computer pad. He was being a bad patient, but he found a computer.

He spoke into the pad. "Please locate Krev Ost."

"He is located in the Science Orbital on level 3," said the computer.

Why hasn't he taken notice that over a dozen spacecraft have already been launched to Earth? What is he trying to do? he thought.

Geno needed to know if his father was performing an experiment and if he knew some of the elixirs backfired on him.

* * *

Todo se estaba moviendo demasiado rápido. La computadora lo condujo a la parte principal de la Estación Terrena. Geno comenzó a correr. Geno quería que alguien estuviera allí con él. Se sostuvo el estómago. Empezó a vomitar. Dejó caer su computadora en el piso de la estación. Debe llegar al Orbital Med. ¿Dónde están Ignacio y Kakuro? ¿el pensó?

Geno siguió corriendo. El elixir siguió siendo contraproducente y empezó a echar espuma por la boca.

Mientras Geno corría, comenzó a desarrollar visión doble y de túnel. Apenas podía ver. Geno no sabía cuánto tiempo había pasado o quién se llevó a su tejón, pero luego se encontró con dificultad para respirar en el piso de Med Orbital, con médicos y enfermeras de inteligencia artificial.

"¿Todo está bien?" preguntó uno de los médicos de AI. "No," chilló y murmuró Geno a la vez. "Necesito un par de inyecciones para contrarrestar los efectos secundarios del elixir destinado a dormir a Marte," ordenó Geno.

"Está bien," dijo un grupo de enfermeras y médicos de inteligencia artificial. "Pero primero, debemos hacerle un escaneo de su cuerpo".

"Okey. Pero date prisa," dijo Geno.

Geno fue colocado inmediatamente en una mesa de medicinas. El escaneo corporal comenzó. Escaneó durante aproximadamente un minuto antes de que los médicos y enfermeras de IA gritaran simultáneamente: "¡Despejado!"

"Ahora estamos administrando el suero para contrarrestar el elixir destinado a dormir a Marte," dijo uno de los médicos de IA.

Una vez que los médicos y las enfermeras administraron el suero, Geno comenzó a preguntarse de inmediato dónde estaba su padre. Se preguntó cuánto tiempo tiene hasta que el suero haga efecto por completo. Geno perdió su computadora original, así que saltó de la mesa de medicinas y comenzó a buscar en el Med Orbital una computadora. Estaba siendo un mal paciente, pero encontró una computadora.

Habló en el bloc. "Por favor localice Krev Ost."

"Está ubicado en el Science Orbital en el nivel 3," dijo la computadora.

¿Por qué no se ha dado cuenta de que ya se han lanzado a la Tierra más de una docena de naves espaciales? ¿Qué está tratando de hacer? el pensó.

Geno necesitaba saber si su padre estaba realizando un experimento y si sabía que algunos de los elixires le resultaron contraproducentes.

V

Geno emerged from the Med Orbital. He went on to search for his father. The serum was still coursing through his system and his bloodstream. The Science Orbital was on the other side of Earth Station. He was stumbling through the halls of the station until he arrived at the Science Orbital. Some personnel were still monitoring the data received from Earth, and some were evacuated to Launch and Dock Orbitals. Geno looked at his clothes. It still said his last name of Ost. He was trying to see he could identify the other personnel at their monitoring stations as they frantically tried to adjust the geoscience occurring on Earth from Earth Station. Finally, Geno made his way to a lonely monitoring station away from the evacuations and monitoring stations.

He found someone hunched over a monitoring station. Geno touched the person. And when the person looked up, it was his father, Krev.

"Geno," he said, "how did you make it here?"

Geno was reluctant to tell him about his experience at the Med Orbital. But he could tell his dad needed the serum to counteract the elixir, which prepared people for Mars. Why was it not working for some of the evacuees and, presumably, letting some die? His father was in pain. So Geno injected the shot he stole from one of the AI doctors and nurses. Krev let out a groan.

"Are you all right, Dad?" asked Geno in a frantic voice. "Are you all right?"

"Yes, I am, thanks for the shot," said his father.

His father's pain was subsiding from taking the elixir. His father's hands were still clutched together as if he were protecting something. Were there microchips with hidden information? Geno couldn't tell, but he would know soon.

"Geno," said Krev, "I think someone is trying to sabotage the Planetary Defense for Geology and Geography, but the signals we were detecting to see if it was friend or foe were out there in space. We must make it to Mars Base, and from there, to Jupiter and Saturn Base. The admiral did not know what was going on when Earth sent out a distress signal. He launched a fleet of spacecraft to assist with the necessary geologic healing process on Earth to all seismic spots on Earth."

Geno started to wonder what his father was saying. What did he mean the admiral did not know what was going on when he launched the spacecraft? Was he still alive? Geno looked at a map of Earth from the monitoring station while his father was recovering from the shot. There was a picture of a major metropolis in the Northern Hemisphere being pummeled by rare volcanic activity not seen since the foundation of the Planetary Defense for Geology and Geography. Geno still wanted to know more from his father, but Earth Station was beginning to lack personnel to keep itself in orbit around Earth. It was only a matter of time before it would put its orbit to decay and disintegrate in Earth's atmosphere. Geno grabbed his father by the arm.

"Dad, let's go," said Geno.

"Hold on! I have something to give you," said Krev.

Geno looked at his father. He did not look well. What was he trying to say? Is he going to make it to the nearest Launch Orbital?

"Try to open my hands," said Geno.

Geno could not believe his dad could be dying. But why? Geno was not filled with anger because he knew his dad would always give it his all in his endeavors with the Planetary Defense for Geology and Geography and all his doings on Earth Station. Geno opened his father's hands. Within them were some microchips, which Geno had not seen since induction in classified photos. What was his father going to say?

"I believe, and the rest of the crew I have encountered," said Krev, "that it was some kind of sabotage effort on Earth and Earth Station. Mars and Lunar Base were not the situation on Earth. Millions of people have already died just from this one incident. Geno looked around. He said to himself, "I must make it back to a Launch Orbital for the journey to Mars Base."

* * *

Geno emergió del Orbital Med. Se fue a buscar a su padre. El suero todavía corría por su sistema y su torrente sanguíneo. El Science Orbital estaba al otro lado de la Estación Terrena. Se tambaleaba por los pasillos de la estación hasta que llegó al Science Orbital. Parte del personal todavía estaba monitoreando los datos recibidos de la Tierra, y algunos fueron evacuados a los Orbitales de Lanzamiento y Muelle. Geno miró su ropa. Todavía decía su apellido de Ost. Estaba tratando de ver que podía identificar al otro personal en sus estaciones de monitoreo mientras intentaban frenéticamente ajustar la geociencia que ocurría en la Tierra desde la Estación Terrestre. Finalmente, Geno se dirigió a una estación de monitoreo solitaria lejos de las estaciones de evacuación y monitoreo.

Encontró a alguien encorvado sobre una estación de monitoreo. Geno tocó a la persona. Y cuando la persona levantó la vista, era su padre Krev.

"Geno," dijo, "¿cómo llegaste aquí?"

Geno se mostró reacio a contarle sobre su experiencia en el Med Orbital. Pero podría decirle a su padre que necesita el suero para contrarrestar el elixir, que prepara a las personas para Marte. ¿Por qué no funcionó para algunos de los evacuados y presumiblemente dejó morir a algunos? Su padre estaba sufriendo. Entonces Geno inyectó una inyección que le robó a uno de los médicos y enfermeras de IA. Krev dejó escapar un gemido.

"¿Estás bien, papá?" preguntó Geno con voz frenética. "¿Estás bien?"

"Sí, lo soy, gracias por la inyección," dijo su padre.

El dolor de su padre estaba disminuyendo al tomar el elixir. Las manos de su padre todavía estaban juntas como si estuviera protegiendo algo. ¿Había microchips con información oculta? Geno no podía decirlo, pero lo sabría pronto.

"Geno", dijo Krev, "creo que alguien está tratando de sabotear la Defensa Planetaria para Geología y Geografía, pero las señales que estábamos detectando para ver si era amigo o enemigo estaban en el espacio. Debemos llegar a la Base de Marte, y de allí, a la Base de Júpiter y Saturno. El almirante no sabía lo que estaba pasando cuando la Tierra envió una señal de socorro. Lanzó una flota de naves espaciales para ayudar con el proceso de curación geológico necesario en la Tierra a todos los puntos sísmicos de la Tierra".

Geno comenzó a preguntarse qué estaba diciendo su padre. ¿Qué quiso decir con que el almirante no sabía lo que estaba pasando cuando lanzó la nave espacial? ¿Estaba todavía vivo? Geno miró un mapa de la Tierra desde la estación de monitoreo mientras su padre se recuperaba del disparo. Había una imagen de una importante metrópolis en el hemisferio norte siendo azotada por una rara actividad volcánica que no se había visto desde la fundación de la Defensa Planetaria para Geología y Geografía. Geno todavía quería saber más de su padre, pero la Estación Terrestre comenzaba a carecer de personal para mantenerse en órbita alrededor de la Tierra. Era solo cuestión de tiempo antes de que pusiera su órbita a decaer y desintegrarse en la atmósfera de la Tierra. Geno agarró a su padre por el brazo.

"Papá, vámonos," dijo Geno.

"¡Esperar! Tengo algo que darte," dijo Krev.

Geno miró a su padre. No se veía bien. ¿Qué estaba tratando de decir? ¿Llegará al orbital de lanzamiento más cercano?

"Intenta abrir mis manos," dijo Geno. Geno no podía creer que su papá pudiera estar muriendo. ¿Pero por qué? Geno no se llenó de ira porque sabía que su padre siempre lo daba todo en sus esfuerzos con la Defensa Planetaria para la Geología y la Geografía y todos sus actos en la Estación Terrestre. Geno abrió las manos de su padre. Dentro de ellos había algunos microchips, que Geno no había visto desde su inducción en fotos clasificadas. ¿Qué iba a decir su padre?

"Creo, y el resto de la tripulación con la que me he encontrado," dijo Krev, "que fue una especie de esfuerzo de sabotaje en la Tierra y la Estación Terrestre. Marte y la Base Lunar no respondían, o nos aislaron de ellos una vez que recibimos una señal de los límites exteriores del sistema solar," dijo. "Mantenga los microchips en su placa."

Geno no podía creer que su papá pudiera estar muriendo. ¿Pero por qué? Geno no se llenó de ira porque sabía que su padre siempre lo daría todo en sus esfuerzos con la Defensa Planetaria para la Geología y la Geografía y todas sus actividades en la Estación Terrestre. Geno abrió las manos de su padre. Dentro de ellos había algunos microchips, que Geno no había visto desde su inducción en fotos clasificadas. ¿Qué iba a decir su padre?

"Creo, y el resto de la tripulación con la que me he encontrado", dijo Krev, "que fue una especie de esfuerzo de sabotaje en la Tierra y la Estación Terrestre. Marte y la Base Lunar no eran la situación en la Tierra. Millones de personas ya han muerto solo por este incidente. Geno miró a su alrededor. Se dijo a sí mismo: "Debo regresar a un Orbital de Lanzamiento para el viaje a la Base de Marte".

VI

Geno started to run to the nearest Launch Orbital. Geno knew that his dad was already dead. There was nothing he could do to save him. He gave him the shot to counteract the elixir he had taken. Geno knew his father would want him to evacuate and live. Geno could feel the Earth Station's orbit disintegrating. Geno strapped himself into the spaceship and inserted the coordinates to Mars Base.

The spaceship was launched to Mars Base, and an ion sphere began to develop around the ship. It glowed against the solar winds of the sun. Geno darkened the view screen and prepared for ionic sleep. Sooner or later, he knew he would be back in Earth's orbit and find out what had happened to Earth and Earth Station and Ignacio. His last thoughts were of his father and his intent to save what remained of the plot of the Planetary Defense for Geology and Geography to rescue Earth from geologic demise.

When Geno woke up, the spaceship was already orbiting Mars. Geno looked around himself. Some foam oozed from his mouth from some of the good elixir given to him by the AI robots back on Earth Station. The situation was growing more complicated by the moment. The elixir was part of intrasellar travel ever since the geologic cataclysm on Earth. It felt like it was losing its potency or something.

Geno knew how conceited humans throughout the solar system had become about the newfound gift of intrasellar and their denial of what was happening back home on the home world. Humans knew this all the way to the Oort Cloud. But shortly before the disintegration of Earth Station orbit around Earth and the blackout of communication, Geno had been wondering what was happening to all the humans based throughout the Oort Cloud. Those bases were a plot for interstellar travel past the solar system.

Suddenly, an image of Kakuro popped up on the view screen. Kakuro did not know at all of the preceding events that led to Geno's arrival around Mars. Kakuro looked like Ignacio before the disastrous events.

"Hey," he said, "something weird last night. I tried to take one of those fun trips to the asteroid belt with the elixir, but instead, I woke up around orbiting Mars."

Kakuro started to sweat. He described his dream to Geno. It was a dream of a porcupine fish being thrashed by a shark from the earth through the oceans of Europa, the moon that surrounds Jupiter. Geno was perplexed. He did not understand its meaning. Geno was more concerned about the elixir, which was the key to interstellar travel throughout the solar system, and why he was sweating. Did Kakuro even know what was going on with the elixir? As Geno watched, more beads of sweat dripped down Kakuro's face. Was he being sabotaged too? Geno did not know what was occurring on Mars Base; everything seemed stable with known spacecraft leaving the base. He was more concerned of his friend.

* * *

Geno comenzó a correr hacia el Orbital de Lanzamiento más cercano. Geno sabía que su papá ya estaba muerto. No había nada que pudiera hacer para salvarlo. Le dio la inyección para contrarrestar el elixir que había tomado. Geno sabía que su padre querría que evacuara y viviera. Geno podía sentir la órbita de la Estación Terrestre desintegrándose. Geno se ató a la nave espacial e insertó las coordenadas de la Base de Marte.

La nave espacial se lanzó desde la Base de Marte y una esfera de iones comenzó a desarrollarse alrededor de la nave. Brillaba contra los vientos solares del sol. Geno oscureció la pantalla de visualización y se preparó para el sueño iónico. Tarde o temprano, sabía que volvería a la órbita de la Tierra y averiguaría qué pasó con la Tierra, la Estación Terrestre e Ignacio. Sus últimos pensamientos fueron sobre su padre y su intención de salvar lo que quedaba de la trama de la Defensa Planetaria para Geología y Geografía para rescatar a la Tierra de la desaparición geológica.

Cuando Geno despertó, la nave espacial ya estaba orbitando Marte. Geno miró a su alrededor. Un poco de espuma brotó de su boca del buen elixir que le dieron los robots de IA en la Estación Terrestre. La situación se complicaba cada vez más. El elixir fue parte del viaje intraselar desde el cataclismo geológico en la Tierra. Se sentía como si estuviera perdiendo su potencia o algo así.

Geno sabía lo engreídos que se habían vuelto los humanos en todo el sistema solar sobre el nuevo don intraselar y su negación de lo que estaba sucediendo en su hogar en el mundo natal. Los humanos sabían esto desde la Nube de Oort. Pero poco antes de la desintegración de la órbita de la Estación Terrestre alrededor de la Tierra y el apagón de la comunicación, Geno se había estado preguntando qué estaba pasando con todos los humanos en la Nube de Oort. Esas bases eran un complot para el viaje interestelar más allá del sistema solar.

De repente, una imagen de Kakuro apareció en la pantalla de visualización. Kakuro no sabía en absoluto los eventos anteriores que llevaron a la llegada de Geno a Marte. Kakuro se parecía a Ignacio antes de los desastrosos eventos.

"Oye," dijo, "algo extraño anoche. Traté de hacer uno de esos divertidos viajes al cinturón de asteroides con el elixir, pero en lugar de eso, me desperté orbitando Marte."

Geno sabía que Kakuro estaba empezando a sufrir algunos de los síntomas.

"Tuve un sueño," dijo Kakuro. "¿Qué era?" preguntó Geno.

Kakuro comenzó a sudar. Le describió su sueño a Geno. Era un sueño de un pez puercoespín siendo azotado por un tiburón desde la tierra a través de los océanos de Europa, la luna que rodea a Júpiter. Geno estaba perplejo. No entendió su significado. Geno estaba más preocupado por el elixir, que era la clave para el viaje interestelar por todo el sistema solar, y por qué estaba sudando. ¿Kakuro siquiera sabía lo que estaba pasando con el elixir? Mientras Geno observaba cómo más gotas de sudor caían por la cara de Kakuro, ¿también estaba siendo saboteado? Geno no sabía lo que estaba ocurriendo en la Base de Marte; todo parecía estable con naves espaciales conocidas saliendo de la base. Estaba más preocupado por su amigo.

VII

Geno was still aboard the spaceship from Earth Station when it started to enter into a disintegrating orbit. Geno felt so sorry for Kakuro. All childhood memories of him flashed before Geno. Kakuro continued to sweat.

"Oh my god," he said. "I think I'm going to die."

"Hold on," said Geno. "I'm trying to pull the ship out of a decaying orbit."

He inserted coordinates to the poles of Mars for a different orbit than an equatorial one. He knew he had to somehow save Kakuro and Ignacio. His father was already dead, and by now, Earth Station had disintegrated in the atmosphere of Earth. The entire plot to save Earth by the Planetary Defense for Geology and Geography was being sabotaged. But by who? Geno was already on Mars. Did the outer bands of humans who had started a diaspora into space know what had happened to Earth, the Moon, and now Mars?

"Kakuro, how do you feel?" asked Geno.

"I feel horrible," said Kakuro as he gasped for breath.

"Let me send a new chemical equation to recalibrate the serum in you to something livable."

Geno crossed his fingers. Geno touched the nearest computer pad and sent a more intense communication pulse to Kakuro to make sure the chemical equation made it through all the noise of the universe and the solar system.

"Received," said Geno's computer on the spaceship.

Kakuro's signal started to break apart, but his gasping slowed. By this time, Geno's spaceship was firmly in place in a stable orbit around Mars. But what about the sabotage he was experiencing? He was unable to save Ignacio, but on the dark side of the Moon. Geno prayed that Ignacio's serum in his body did not backfire too, which kept the journey from Earth to Moon, and back, short as well. Geno waited for a response from Kakuro. Was Kakuro alive?

Geno's spaceship was orbiting fast like it was about to do a slingshot from Mars to the outer parts of the solar system. The computer started and began to alert Geno. Geno continued to send out a communication pulse from his spaceship. Kakuro did not respond. Instead, the Mars Medical Base did. Images were passing fast on the view screen on his spaceship. It seemed like Mars Base was thrown into chaos. Why? The elixir had completely backfired on almost everyone that kept them from returning to Earth after the long journey. Geno became frantic and searched for the microchips his father gave him. He must make it to Jupiter Station now that all these images of a chaotic Mars Base were coming across his view screen.

What happened to Kakuro? Geno requested a planetary search for Kakuro. They also carried badges, and the serum could be detected from any spaceship. The computer confirmed Kakuro was a casualty in the mayhem on Mars. Geno started to cry.

I must make it to Jupiter, thought Geno.

The moons around them still had data that would inform him of what was happening to Earth and why sabotage was starting and why so many of his friends were dead or presumed dead. There were so many questions. Were the outer-limit humans of the solar ship solar system still alive? As Geno's spaceship continued to accelerate in its orbit around Mars, he started to cry. He was beginning to feel he was also being sabotaged. Geno was starting to give up. As he was beginning to pass out, he sent out one last communication. This time, it was solar system-wide.

* * *

Geno todavía estaba a bordo de la nave espacial de la Estación Terrena cuando comenzó a entrar en una órbita de desintegración. Geno sintió mucha pena por Kakuro. Todos sus recuerdos de infancia de él pasaron ante Geno. Kakuro siguió sudando.

"Oh, Dios mío," dijo. "Creo que me voy a morir."

"Espera", dijo Geno. "Estoy tratando de sacar la nave de un órbita en descomposición"

Insertó coordenadas a los polos de Marte para una órbita diferente a la ecuatorial. Sabía que de alguna manera tenía que salvar a Kakuro e Ignacio. Su padre ya estaba muerto, y ahora, la Estación Terrestre se había desintegrado en la atmósfera de la Tierra. Todo el complot para salvar la Tierra por parte de la Defensa Planetaria para Geología y Geografía estaba siendo saboteado. ¿Pero por quién? Geno ya estaba en Marte. ¿Sabían las bandas exteriores de humanos que habían iniciado una diáspora en el espacio lo que le había sucedido a la Tierra, la Luna y ahora a Marte?

"Kakuro, ¿cómo te sientes?" preguntó Geno.

"Me siento horrible," dijo Kakuro mientras jadeaba.

"Déjame enviar una nueva ecuación química para recalibrar el suero en ti a algo habitable."

Geno cruzó los dedos. Geno tocó el teclado de la computadora más cercano y envió un pulso de comunicación más intenso a Kakuro para asegurarse de que la ecuación química atravesara todo el ruido del universo y el sistema solar.

"Recibido," dijo la computadora de Geno en la nave espacial.

La señal de Kakuro comenzó a romperse, pero su jadeo se hizo más lento. En ese momento, la nave espacial de Geno estaba firmemente en su lugar en una órbita estable alrededor de Marte. Pero, ¿y el sabotaje que estaba experimentando? No pudo salvar a Ignacio, pero Ignacio debe haber buscado refugio en algún lugar del lado oscuro de la Luna. Geno rezó para que el suero de Ignacio en su cuerpo no fuera contraproducente también, lo que hace que el viaje de la Tierra a la Luna y de regreso sea corto también. Geno esperó una respuesta de Kakuro. ¿Kakuro estaba vivo?

La nave espacial de Geno estaba orbitando rápidamente como si estuviera a punto de hacer una honda desde Marte a las partes exteriores del sistema solar. La computadora se puso en marcha y comenzó a alertar a Geno. Geno continuó enviando un pulso de comunicación desde su nave espacial. Kakuro no respondió. En cambio, lo hizo la Base Médica de Marte. Las imágenes pasaban rápidamente en su pantalla de visualización desde su nave espacial. Parecía que la Base de Marte se sumió en el caos. ¿Por qué? El elixir había fracasado por completo en casi todos los que les impiden regresar a la Tierra después del largo viaje. Geno se puso frenético y buscó los microchips que le dio su padre. Debía llegar a la Estación Júpiter ahora que todas estas imágenes.

Debo llegar a Júpiter, pensó Geno.

Las lunas que los rodeaban todavía tenían datos que le informarían lo que le estaba pasando a la Tierra y por qué comenzaba el sabotaje y por qué tantos de sus amigos estaban muertos o se creía que estaban muertos. Había tantas preguntas. ¿Seguían vivos los humanos del límite exterior del sistema solar de la nave solar? Mientras la nave espacial de Geno continuaba acelerando en su órbita alrededor de Marte, comenzó a llorar. Estaba empezando a sentir que él también estaba siendo saboteado. Geno estaba empezando a darse por vencido. Cuando estaba empezando a desmayarse, envió una última comunicación. Esta vez fue en todo el sistema solar.

VIII

Geno was attempting to wake up from a lucid dream of extraterrestrial animals he had only heard and seen on coded microchips or rumors on the Earth Station and conversations with Ignacio. He kept trying to open his eyes. And every time, he became unconscious but still breathing. Geno was still aboard the spacecraft, and he somehow managed to touch a medical kit with an oxygen patch he could use to help him breathe.

A couple of hours later, he woke up to find himself docked at Jupiter Station. It was eerily quiet on board his ship. When Geno opened his eyes, it appeared his pilot and computer console had been scrambled. A hissing sound was emitting from his communication device. He looked to his left and began to turn away from the cramped quarters of his ship, because he noticed that the ship was fully docked. He had one procedure: to open the doorway to Jupiter Station. And he did so. Geno stood straight up in the tunnel extending from Jupiter Station. His legs were wobbling from the sudden jettison from Mars orbit and maneuvering past the asteroid belt. He tried not to think about the loss of life he had personally experienced, also the loss of life on Earth. Geno never felt lonely in his life.

He touched his communication badge. He tried to contact Ignacio, but all it did was emit the same hissing sound and a bit of static. Geno knew what was on Jupiter Station. He had the microchips from Lunar Base, the information from Mars, and his own knowledge and training. He needed to find out if anyone was on Jupiter Station. He touched his thumb to a doorway key. When the doorway opened, it was as eerily quiet as it was on his ship. He started to walk down a hallway and came upon a console with emergency lighting. He glanced at it, but a video recording was here that would help send data and recalibrate the geological planetary defense system to help heal Earth for the time being.

Geno just went too far with the planetary defense of geology. He had heard that Jupiter Station was preparing for evacuees from Earth, but why had Earth lost its geological stability so suddenly? In truth, it became difficult for humans to understand the seriousness of the situation the Earth was in, but they did the best they could.

Until then, Geno had an ion gun in case there was an intruder from a faction on Earth. As Geno held up his gun and put both hands around it, he grew nervous. Was Jupiter Station where the trouble started? The people here were supposed to help send data and recalibrate the geologic planetary defense system to help heal Earth for the time being. Geno only went too far with the planetary defense for geology. He had heard the Jupiter Station was preparing for evacuees from Earth, but why did Earth lose its geologic stability so suddenly? In truth, it became hard for humans to understand the gravity of the situation Earth was in, but they did the best they could.

Geno finally made it to the deck of the chief science officer. The deck was big and expansive. There was a seeing screen with a holographic image of Mars and Earth spinning on either side of the screen. For some reason, all communication and operational data stopped transmitting to Jupiter Station. Geno came closer to all the consoles, where officers, civilians, and cadets should have been maintaining their stations. Geno began to sweat. He wanted to talk to anyone. Was anyone out there? Geno finally came to one console, and there was a communication badge that had the ability to activate at the console. He pressed the badge against the console to activate it. The sounds that came through the badge were only those of horrific screams. Geno had hoped the people of Jupiter Station had evacuated or made friendly contact with whatever or whoever was out there in the solar system and beyond. His hopes were dashed incredibly.

Whoever or whatever the foe may be, was it some kind of predator? Were sentient species, which he had made contact with, capable of interstellar travel? There was one plausibility, however remote: there could still be humans tricking Geno into believing all this. A fraction after the emptiness of Jupiter station, Geno gulped. He knew what a human would be after the final secret of humanity to save who was left on Earth. Geno looked at a console and inserted two of the five microchips given to him by his father. He knew what he was about to violate. He did not want to look down at what the console was to reveal, but instead he moved his fingers to activate the seeing screen. And there it was on the seeing screen: the interstellar ship. Geno removed his plate from the console and ended the retinal scan. He quickly ran through every doorway and hallway that was opened by the retinal scan and found his way back to the ship. Geno's ship responded adequately and inputted the final coordinates to the interstellar ship located behind one of Jupiter's moons.

* * *

Geno estaba intentando despertar de un sueño lúcido de animales extraterrestres que solo había escuchado y visto en microchips codificados o rumores en la Estación Terrestre y conversaciones con Ignacio. Siguió intentando abrir los ojos. Y cada vez, quedó inconsciente pero aún respiraba. Geno todavía estaba a bordo de la nave espacial y de alguna manera logró tocar un botiquín médico con un parche de oxígeno que podía usar para ayudarlo a respirar.

Un par de horas más tarde, se despertó y se encontró atracado en la estación Júpiter. Estaba inquietantemente silencioso a bordo de su barco. Cuando Geno abrió los ojos, parecía que su piloto y la consola de la computadora habían sido codificados. Un sonido sibilante estaba emitiendo desde su dispositivo de comunicación. Miró a su izquierda y comenzó a alejarse de los espacios reducidos de su barco porque notó que el barco estaba completamente atracado. Tenía un procedimiento: era abrir la puerta a la estación Júpiter. Y así lo hizo. Geno se paró derecho en el túnel que se extendía desde la Estación Júpiter. Sus piernas temblaban por el repentino abandono de la órbita de Marte y maniobrar más allá del cinturón de asteroides. Trató de no pensar en la pérdida de vidas que había experimentado personalmente, también en la pérdida de vidas en la Tierra. Geno nunca se había sentido solo en su vida.

Tocó su placa de comunicación. Trató de contactar a Ignacio, pero todo lo que hizo fue emitir el mismo silbido y un poco de estática. Geno sabía lo que había en la estación Júpiter. Tenía los microchips de la Base Lunar, la información de Marte y su propio conocimiento y entrenamiento. Necesitaba averiguar si había alguien en la estación Júpiter. Tocó con el pulgar la llave de una puerta. Cuando se abrió la puerta, estaba tan inquietantemente silencioso como en su barco. Empezó a caminar por un pasillo y se topó con una consola con iluminación de emergencia. Lo miró, pero una grabación de video había aquí ayudaría a enviar datos y recalibrar el sistema geológico de defensa planetaria para ayudar a sanar la Tierra por el momento. Geno solo fue demasiado lejos con la defensa planetaria de la geología. Había oído que la Estación Júpiter se estaba preparando para los evacuados de la Tierra, pero ¿por qué la Tierra perdió su estabilidad geológica tan repentinamente? En verdad, se volvió difícil para los humanos comprender la gravedad de la situación en la que se encontraba la Tierra, pero lo hicieron lo mejor que pudieron.

Geno finalmente llegó a la cubierta del director científico. La cubierta era grande y expansiva. Había una pantalla de visualización con una imagen holográfica de Marte y la Tierra girando a ambos lados de la pantalla. Por alguna razón, todos los datos operativos y de comunicación dejaron de transmitirse a la Estación Júpiter. Geno se acercó a todas las consolas, donde oficiales, civiles y cadetes deberían han estado manteniendo sus estaciones. Geno comenzó a sudar. Quería hablar con cualquiera. ¿Había alguien por ahí? Geno finalmente llegó a una consola, y había una placa de comunicación que tenía la capacidad de activarse en la consola. Presionó la placa contra la consola para activarla. Los sonidos que llegaban a través de la placa eran solo gritos horribles. Geno había esperado que la gente de la Estación Júpiter hubiera evacuado o hecho contacto amistoso con lo que fuera o quienquiera que estuviera en el sistema solar y más allá. Sus esperanzas se desvanecieron increíblemente.

Quienquiera o lo que sea que sea el enemigo, ¿era algún tipo de depredador? ¿Son las especies sensibles, con las que se había puesto en contacto, capaces de viajar interestelar? Había una plausibilidad, por remota que fuera: todavía podría haber humanos engañando a Geno para que creyera todo esto. Una fracción después del vacío de la estación de Júpiter. Geno tragó saliva. Sabía lo que sería un ser humano tras el secreto final de la humanidad para salvar a los que quedaban en la Tierra. Geno miró una consola e insertó dos de los cinco microchips que le dio su padre. Sabía lo que estaba a punto de violar. No quería mirar hacia abajo para ver lo que revelaría la consola, sino que movió los dedos para activar la pantalla de visualización. Y allí estaba en la pantalla de visualización: la nave interestelar. Geno estaba quitó su placa de la consola y finalizó el escaneo retinal. Rápidamente corrió a través de todas las puertas y pasillos abiertos por el escáner de retina y encontró el camino de regreso a la nave. La nave de Geno respondió adecuadamente e ingresó las coordenadas finales a la nave interestelar ubicada detrás de una de las lunas de Júpiter.

IX

Geno reached the interstellar ship called Joxer. It was massive compared to Jupiter Station. He got on board and activated the emergency protocol, and one chair emerged from the center for a lone human to navigate to safety and perhaps fire a couple of ion weapons before being boarded and taken hostage.

He sat in the chair, but he started to feel dizzy. He was more than feeling the effects of space, and he wished Ignacio was here. He tapped his communication by his ear to see if he was still out there. Something was coming in, but it did not sound like Ignacio, and it was coded. Geno took an elixir pill to ease the side effects of his space travels and the interstellar travel to come. Geno looked straight forward to the seeing screen and inputted coordinates to Saturn. Before he left the orbit of one of Jupiter's moons, he received a communication from Ignacio. It was a visual image and not a verbal message. Geno also knew Ignacio had a quirky sense of humor, but the image that popped up on the seeing screen beguiled Geno. It was simply a picture of an ancient human 7-Up soda can spinning on its side against the backdrop of the darkness of space. Geno thought of what it could mean. Ignacio was always a fan of human history before the great cataclysm.

The image was the start of some kind of visual rhyme game, which Ignacio did not have time to complete. Geno took the image of the seeing screen and inputted coordinates to Saturn and prepared for more interstellar travel. It would take about an hour of Earth time to get to Saturn. Geno needed to take some rest, so he decided to take a sleeping pill.

* * *

Geno llegó a la nave interestelar llamada *Joxer*. Era enorme en comparación con la estación Júpiter. Subió a bordo y activó el protocolo de emergencia, y una silla emergió del centro para que un humano solitario navegara a un lugar seguro y tal vez disparara un par de armas de iones antes de ser abordado y tomado como rehén.

Se sentó en la silla, pero empezó a sentirse mareado. Estaba más que sintiendo los efectos del espacio. Y deseaba que Ignacio estuviera aquí. Golpeó su comunicación junto a su oído para ver si todavía estaba allí. Entraba algo, pero no sonaba como Ignacio, y estaba codificado. Geno tomó una pastilla de elixir para aliviar los efectos secundarios de sus viajes espaciales y el viaje interestelar por venir. Geno miró directamente hacia la pantalla de visualización e ingresó las coordenadas de Saturno. Antes de salir de la órbita de una de las lunas de Júpiter, recibió una comunicación de Ignacio. Era una imagen visual y no un mensaje verbal. Geno también sabía que Ignacio tenía un peculiar sentido del humor, pero la imagen que apareció en la pantalla de visión engañó a Geno. Era simplemente una imagen de la antigua lata de refresco humana 7-Up girando sobre su costado contra el telón de fondo de la oscuridad del espacio. Geno pensó en lo que podría significar. Ignacio siempre fue un fanático de la historia humana antes del gran cataclismo.

La imagen fue el comienzo de una especie de juego de rimas visuales que Ignacio no tuvo tiempo de completar. Geno tomó la imagen de la pantalla de observación e ingresó las coordenadas a Saturno y se preparó para más viajes interestelares. Se necesitaría alrededor de una hora del tiempo de la Tierra para llegar a Saturno. Geno necesitaba descansar un poco por lo que decidió tomar una pastilla para dormir.

When Geno woke up, he found himself orbiting Saturn above its rings. They were beautiful, according to a human this far in the future, from what humans initially took them as ugly in the past. The rings were perfectly aligned. Geno wanted and started to get up from the chair in the center of the deck, but something out of the corner of his eye distracted him. It was a beam of light jumping around the deck behind him. Geno was no linguist or extraterrestrial zoologist or anthropologist or anyone of that nature. But the beam of light seemed to be communicating. Geno turned around, but by that time, the beam of light had jumped into the computer console. Geno knew that back on Earth, these types of phenomena were called tricks of the eye; but this time, the beam of light affected a code of the console and throughout the ship. Humans before him had called these phenomena sprites this far out in the solar system.

Geno activated his badge and communication device to record this interaction. The seeing screen was suddenly activated, and an innocent image of Earth's Moon silently rotating popped up in the middle of the screen. Geno thought of Ignacio, but as soon as he did, a horrific image of Earth came to pass. The sky was full of plumes of darkened ash and smoke. On some continents, lakes of glowing lava were seen, and the oceans had turned brown on the coast and the tropics. Geno looked to see what date it was to predict this final cataclysm of Earth.

Geno just shook his head. Suddenly, the sprite phenomenon jumped out of the console and wrapped around his finger. The tingling sensation suggested placing his finger on the navigation bar, and he did. The navigation information released was a route to the planet Uranus. Geno couldn't conceive why; he grew frightened. He would lose contact with Ignacio and whoever was left on Lunar Base. The sprite was not giving up. As soon as Geno resisted swiping his finger to coincide with his cognitive thought process to navigate, the ship moved slowly away from Saturn's rings, and suddenly, he was propelled to the middle distance between Saturn and Uranus.

* * *

Cuando Geno se despertó, se encontró orbitando a Saturno por encima de sus anillos. Eran hermosos, según un humano tan lejano en el futuro, de lo que los humanos inicialmente los tomaron como feos en el pasado. Los anillos estaban perfectamente alineados. Geno quiso y empezó a levantarse de la silla en el centro de la terraza, pero algo con el rabillo del ojo lo distrajo. Era un rayo de luz saltando alrededor de la cubierta detrás de él. Geno no era lingüista ni zoólogo extraterrestre ni antropólogo ni nadie de esa naturaleza. Pero el rayo de luz parecía estar comunicándose. Geno se dio la vuelta, pero en ese momento, el rayo de luz había saltado a la consola de la computadora. Geno sabía que allá en la Tierra, este tipo de fenómenos se llamaban trucos del ojo; pero esta vez, el haz de luz afectó un código de la consola y de toda la nave. Los humanos antes que él habían llamado a estos fenómenos duendes tan lejos en el sistema solar.

Geno activó su placa y dispositivo de comunicación para registrar esta interacción. La pantalla de visión se activó repentinamente y una imagen inocente de la Luna de la Tierra girando silenciosamente apareció en el medio de la pantalla. Geno pensó en Ignacio, pero tan pronto como lo hizo, apareció una imagen horrible de la Tierra. El cielo estaba lleno de penachos de ceniza oscurecida y humo. En algunos continentes, se vieron lagos de lava incandescente, y los océanos se habían vuelto marrones en la costa y los trópicos. Geno miró para ver qué fecha era para predecir este cataclismo final de la Tierra.

Geno solo negó con la cabeza. De repente, el fenómeno sprite saltó de la consola y se envolvió alrededor de su dedo. La sensación de hormigueo le sugirió que colocara el dedo en la barra de navegación, y así lo hizo. La información de navegación publicada fue una ruta al planeta Urano. Geno no podía concebir por qué; se asustó. Perdería contacto con Ignacio y quienquiera que quedara en la Base Lunar. El sprite no se rendía. Tan pronto como Geno se resistió a deslizar su dedo para coincidir con su proceso de pensamiento cognitivo para navegar, la nave se alejó lentamente de los anillos de Saturno y, de repente, fue propulsado a la distancia media entre Saturno y Urano.

X

When Geno was at the middle distance between Saturn and Uranus, the interstellar ship called Joxer began to twirl against the gravity of Uranus. The sprite jumped out of the console and straight into the seeing screen and, presumably, out into the void. All that was left on the console before Geno was a quote from a poem by Edgar Allen Poe, and it read, "Is *all* that we see or seem but a dream within a dream?"

Geno composed himself. His psyche was disturbed by this message; perhaps it was the sleeping pills he had been taking. He didn't want to know, out here in the vast outreaches of the solar system, that everything was a dream, whether it was a joke or trick from Ignacio or some clever extraterrestrial or some other life form.

Suddenly, from the seeing screen appeared a form, ready to enchant Geno. Geno balked away from the form, but as soon as he did so, it began to glow a golden yellow. Geno tried to understand what was going on at first through Ignacio's now lame message in human history called tripping out, but his medical analysis said he was not hallucinating and the entity could communicate.

"Well, hello," said the humanoid form in a deep, assertive voice. "My name is Oberon."

"And what do you want?" asked Geno.

"Want? That is not a concept I understand. But you human species are on the brink of collapse throughout the solar system, and if my kind doesn't render aid quick enough, perhaps humans may go extinct," said the humanoid form Oberon.

Geno found his words to him curt and unwelcoming, but Geno touched his communication badge, and the translation came across much better. Geno furrowed his brow. He was trained in first-contact procedures, but for some reason, this humanoid form seemed a bit inept from the data collected about how strong and mighty extraterrestrial and other space life forms should look like.

"Do you need assistance?" asked Geno.

"Yes, I do," said Oberon. "It seems that our two species have been caught in a fight of sorts. Your planet called Earth is in grave danger as is the existence of my species.

And as soon as he completed his statement, the sprite jumped back into the ship and went into the weapon systems of Joxer, the interstellar ship. Geno did not like the fact that the phenomena was trying to arm the ship even further. Geno tried to block the inputs of the sprite but failed.

"Do we need to be armed?" he addressed Oberon.

"Well, yes, we do need to be armed," replied Oberon.

"But why? I'm not understanding. I was only on a mission to find out why Earth's geologic defense systems had been sabotaged either by humans or nonhumans and hope for message and collaboration of peace," said Geno.

"Spoken almost like a true diplomat," said Oberon. "Perhaps that's why this happens to you, but we're not that species who is concerned with fate and politics."

"Then what are you concerned about?" asked Geno.

"Concerns of humans rarely irritated our kind," answered Oberon. "However, to keep this trade with humans before you embark on your interstellar journey, we, unfortunately, miscalculated how soon and quick Earth would become unstable."

"Then what are the rest of the humans to do if you are claiming you miscalculated some kind of geologic and cosmologic effect on Earth?" asked Geno.

Oberon sighed. "Well, the phenomena you call a sprite, its actual name is Puck, a helper of the sort where I am from," answered Oberon. "Yes, and the real secret between you and our species, we are caught in a fight."

"Well, if it's a fight you're looking for, humanity is not really prepared," said Geno.

"Ah, and never were my kind prepared for a fight," said Oberon. "We developed a weapon system quickly, but it was almost too late until we decided to sabotage Earth Station and all the rest of the stations."

"You did WHAT!?" screamed Geno.

"The typical response that my people were expecting from you, Geno," said Oberon. "But still, there is a far greater foe than I. That foe bargained a bit too high."

"Then where is he or she?" Geno asked, fuming. "Geological stability on Earth was not the result of sabotage, I know, but what happened to the stations are!"

Geno looked at what the sprite named Puck was doing to the navigation console. It was inputting navigation coordinates past the solar system a bit and into what is known as the Oort Cloud. Geno had only heard faint rumors of humans traveling to that region of space.

* * *

Cuando Geno estaba a la distancia media entre Saturno y Urano, la nave interestelar llamada *Joxer* comenzó a girar contra la gravedad de Urano. El sprite saltó de la consola y saltó directamente a la pantalla de visión y presumiblemente al vacío. Todo lo que quedó en la consola antes de Geno fue una cita de un poema de Edgar Allen Poe, y decía: "Es todo lo que vemos o parecemos sino un sueño dentro de un sueño."

Geno se compuso. Su psique fue perturbada por este mensaje; tal vez eran las pastillas para dormir que había estado tomando. No quería saber, aquí en las vastas extensiones del sistema solar, que todo era un sueño, ya fuera una broma o un truco de Ignacio o algún extraterrestre inteligente o alguna otra forma de vida.

De repente, desde la pantalla de visualización apareció una forma lista para encantar a Geno. Geno se resistió a la forma, pero tan pronto como lo hizo, comenzó a brillar con un color amarillo dorado. Geno trató de entender lo que estaba pasando al principio a través del mensaje ahora cojo de Ignacio en la historia humana llamado "tripping out," pero su análisis médico dijo que no estaba alucinando y que la entidad podía comunicarse.

"Bueno, hola," dijo la forma humanoide. "Mi nombre es Oberon," dijo con voz profunda y asertiva.

"¿Y qué quieres?" preguntó Geno.

"¿Desear? Ese no es un concepto que yo entienda. Pero ustedes, la especie humana, están al borde del colapso en todo el sistema solar, y si los de mi especie no brindan ayuda lo suficientemente rápido, tal vez los humanos se extingan," dijo la forma humanoide de Oberon.

Geno encontró sus palabras cortantes y poco acogedoras, pero Geno tocó su placa de comunicación y la traducción se escuchó mucho mejor. Geno frunció el ceño. Fue entrenado en procedimientos de primer contacto, pero por alguna razón, esta forma humanoide parecía un poco inepta a partir de los datos recopilados sobre cuán fuertes y poderosas deberían ser las formas de vida extraterrestre y otras del espacio.

"¿Necesitas ayuda?" preguntó Geno.

"Sí, lo hago," dijo Oberón. "Parece que nuestras dos especies se han visto atrapadas en una especie de pelea. Su planeta llamado Tierra está en grave peligro al igual que la existencia de mi especie."

"¿Pero por qué?" preguntó Geno.

"Bueno, hay una trampa si te digo algo más," dijo Oberon.

Y tan pronto como completó su declaración, el duende saltó de regreso a la nave y entró en los sistemas de armas de Joxer, la nave interestelar. A Geno no le gustó el hecho de que los fenómenos intentaran armar aún más la nave. Geno intentó bloquear las entradas del sprite pero falló.

"¿Necesitamos estar armados?" se dirigió a Oberón.

"Bueno, sí, necesitamos estar armados," respondió Oberón.

"¿Pero por qué? No estoy entendiendo. Solo estaba en una misión para descubrir por qué los sistemas de defensa geológica de la Tierra habían sido saboteados por humanos o no humanos y esperaba un mensaje y colaboración de paz," dijo Geno.

"Habla casi como un verdadero diplomático," dijo Oberon. "Tal vez por eso te sucede esto, pero no somos esa especie que se preocupa por el destino y la política."

"Entonces, ¿qué te preocupa?" preguntó Geno.

"La preocupación por los humanos rara vez irritaba a los de nuestra especie," respondió Oberon. "Sin embargo, para mantener este comercio con los humanos antes de embarcarse en su viaje interestelar, desafortunadamente calculamos mal qué tan pronto y rápido la Tierra se volvería inestable."

"Entonces, ¿qué deben hacer el resto de los humanos si afirmas que calculaste mal algún tipo de efecto geológico y cosmológico en la Tierra?" preguntó Geno.

Oberón suspiró. "Bueno, el fenómeno que llamas sprite, su nombre real es Puck, un ayudante del tipo de donde soy," respondió Oberon. "Sí, y el verdadero secreto entre tú y nuestra especie es que estamos atrapados en una pelea."

"Bueno, si es una pelea lo que estás buscando, la humanidad no está realmente preparada," dijo Geno.

"Ah, y los de mi especie nunca estuvieron preparados para una pelea," dijo Oberon. "Desarrollamos un sistema de armas rápidamente, pero ya era casi demasiado tarde hasta que decidimos sabotear la Estación Terrestre y el resto de las estaciones."

"¿¡Hiciste qué!?" gritó Geno.

"La típica respuesta que mi gente esperaba de ti, Geno," dijo Oberon. "Pero aún así, hay un enemigo mucho mayor que yo. Ese enemigo negoció demasiado."

"Entonces, ¿dónde está él o ella?" preguntó Geno, furioso. "La estabilidad geológica en la Tierra no fue el resultado de un sabotaje, lo sé, ¡pero sí lo que sucedió con las estaciones!"

Geno miró lo que el sprite llamado Puck le estaba haciendo a la consola de navegación. Estaba ingresando coordenadas de navegación más allá del sistema solar y en lo que se conoce como la Nube de Oort. Geno solo había escuchado leves rumores de humanos que viajaban a esa región del espacio.

XI

Geno slowly conceded to the life form named Puck. He had the navigation console now. The humanoid form of Oberon was still on the main deck of the spaceship Joxer. Its next destination seemed to be the Oort Cloud. However, the spaceship Joxer was clearly not ready for the space environment being thrown at it. *What was in the Oort Cloud?* wondered Geno. *Oberon seemed unconcerned and more concerned that we reach the edge of the Oort Cloud. How can being all the way out here in the solar system help save Earth and the stations?*

At first, Geno's task on Mars was scary, but he thought it would be simple to recalibrate the planetary geologic defense system to give Earth more time.

Geno looked over at Oberon. Oberon seemed to be in a mental state as if he was reading Geno's mind. Oberon winked.

"Yes, you're right about your concern, Geno," Oberon said. "What are we doing out here is a good question. Needless to say, the enemy, which my kind—our kind—are concerned about, have vested interest with being out here."

"Well, what happened to the people of Jupiter Station?" asked Geno.

"Well, they met their demise," answered Oberon, "with clemency, might I add, as to what end they should face."

"But did the enemy choose the demise of so many people aboard Jupiter Station?" said Geno.

"In the words of this enemy of yours and mine, the history has been reached. Even then, this has been a hard bargain because their end did not justify the historicalness of all this. Humans haven't met a fate in battle in quite some time," said Oberon.

Oberon snapped his fingers, and the sprite, Puck, quickly came to his side. Geno stood beside the solitary chair on the deck and looked at the seeing screen as if he were ready for a retinal scan. Instead, Geno's surroundings disappeared.

Oberon and Puck were still there, but from the looks of his surroundings, Geno found himself on different astral plane of existence. Oberon sighed again about Geno. A form or a friendly sprite did not form in from of Geno or to his side, but a voice, as foreign as some of the ancient languages, began to articulate Geno's name. Geno's communication device and hearing device disappeared.

Geno's sense of duality was at stake. Oberon had the sprite, Puck, ward off the plummeting feeling of depression often experienced by humans. Geno touched his badge one last time in hopes that Ignacio was still alive, and a beep sounded. Ignacio, luckily, was still alive.

Oberon remained silent, and Puck remained still, only glimmering against the faint change of color of this different astral plane of existence. Geno kept staying at the faint change of color of the astral plane.

"And what do the three of you want?" asked a voice.

Geno was surprised the entity was even revering to the sprite, Puck. Oberon quickly took charge. "We've come not to be just diplomats, Juno, but in human terms, this time a bargain must be struck. You have the power to save humankind and mine," said Oberon.

"Does human knowledge understand what I am and what I am capable of doing?" asked Juno.

"He doesn't," said Oberon.

"What do you mean I don't know or understand this entity is capable of doing?" retorted Geno.

"It's always been a ruse," said Juno.

"A ruse," said Geno, "but why? My people are honest and forthright and have subdued insurmountable obstacles to the future of my species."

"But I still want to destroy you and your kind," said Juno. "Your kind has proved unworthy of the duality, which you experienced between Oberon and yourself."

"In human speak, and not to insult your intelligence, Geno, what would the four entities here require to destroy at least?" said Juno. "And mind you, I am not very philosophical."

"I still don't know what you mean," answered Geno.

Oberon remained distant from Geno's side, and so did Puck.

"Maybe I need to make myself more obvious," said Juno. "I've been watching. But I am only an entity bound almost by the same cosmological forces as humans may be one day. But you proved something through action, for one thing."

"Then don't destroy Earth or any human if we have proved worthy, and I—" said Geno.

"Ah, getting close who you disturbed, human being," said Juno. "Remember, all is a dream but within a dream."

"Well, yes, I remember," said Geno.

"Well, you're referring to my friend, one of my last friends after this tragedy," said Juno.

"They were right," said Juno in a fading voice, and then suddenly, Geno was hit with a pulsating beam of light and landed on the deck of Joxer, the spaceship.

* * *

Geno concedió lentamente a la forma de vida llamada Puck. Ahora tenía la consola de navegación. La forma humanoide de Oberon todavía estaba en la cubierta principal de la nave espacial Joxer. Su próximo destino parecía ser la Nube de Oort. Sin embargo, la nave espacial Joxer claramente no estaba lista para el entorno espacial que se le arrojaba. ¿Qué había en la Nube de Oort? se preguntó Geno. Oberon parecía despreocupado y más preocupado de que llegáramos al borde de la Nube de Oort. ¿Cómo puede ayudar a salvar la Tierra y las estaciones estar aquí en el sistema solar?

Al principio, la tarea de Geno en Marte daba miedo, pero pensó que sería sencillo recalibrar el sistema de defensa geológica planetaria para darle más tiempo a la Tierra.

Geno miró a Oberón. Oberon parecía estar en un estado mental como si estuviera leyendo la mente de Geno. Oberón guiñó un ojo.

"Sí, tienes razón sobre tu preocupación, Geno", dijo Oberon. "Qué estamos haciendo aquí es una buena pregunta. No hace falta decir que el enemigo, por el que los de mi clase, los nuestros, están preocupados, tiene interés en estar aquí.

"Bueno, ¿qué pasó con la gente de la estación Júpiter?" preguntó Geno.

"Bueno, enfrentaron su desaparición", respondió Oberon, "con clemencia, podría agregar, en cuanto a qué final deberían enfrentar."

"¿Pero el enemigo eligió la muerte de tantas personas a bordo de la estación Júpiter?" dijo Geno.

"En las palabras de este enemigo tuyo y mío, se ha llegado a la historia. Incluso entonces, este ha sido un trato difícil porque su final no justificaba la historicidad de todo esto. Los humanos no han encontrado un destino en la batalla desde hace bastante tiempo," dijo Oberon.

Oberon chasqueó los dedos y el duendecillo Puck rápidamente llegó a su lado. Geno se paró al lado de la silla solitaria en la cubierta y miró la pantalla de visualización como si estuviera listo para un escáner de retina. En cambio, los alrededores de Geno desaparecieron.

Oberon y Puck todavía estaban allí, pero por el aspecto de su entorno, Geno se encontraba en un plano astral de existencia diferente. Oberon suspiró de nuevo sobre Geno. No se formó una forma o un sprite amigo en frente de Geno oa su lado. Pero una voz tan extranjera como algunos de los idiomas antiguos comenzó a articular el nombre de Geno. El dispositivo de comunicación y el dispositivo auditivo de Geno desaparecieron.

El sentido de dualidad de Geno estaba en juego. Oberon hizo que el sprite Puck se protegiera de la sensación de depresión que a menudo experimentan los humanos. Geno tocó su placa por última vez con la esperanza de que Ignacio todavía estuviera vivo y sonó un pitido. Ignacio, por suerte, aún estaba vivo.

Oberon permaneció en silencio, y Puck permaneció inmóvil, solo brillando tenuemente contra el leve cambio de color de este diferente plano astral de existencia. Geno siguió quedándose en el tenue cambio de color del plano astral.

"¿Y qué es lo que quieren ustedes tres?" Preguntó una voz.

Geno se sorprendió de que la entidad incluso reverenciara al duende, Puck. Oberon rápidamente se hizo cargo. "No hemos venido a ser solo diplomáticos, Juno, pero en términos humanos, esta vez se debe llegar a un acuerdo. Tienes el poder de salvar a la humanidad y a la mía", dijo Oberon.

"¿El conocimiento humano comprende lo que soy y lo que soy capaz de hacer?" preguntó Juno.

"Él no lo hace," dijo Oberón.

"¿Qué quieres decir con que no sé o entiendo que esta entidad es capaz de hacer?" replicó Geno.

"Siempre ha sido una artimaña," dijo Juno.

"Una artimaña," dijo Geno, "pero ¿por qué? Mi gente es honesta y franca y ha superado obstáculos insuperables para el futuro de mi especie."

"Pero todavía quiero destruirte a ti y a los de tu especie," dijo Juno. "Los de tu especie han demostrado ser indignos de la dualidad que experimentaste entre Oberon y tú."

"¿Qué quieres decir?" dijo Geno, casi histérico.

"En lenguaje humano, y no para insultar tu inteligencia, Geno, ¿qué necesitarían al menos las cuatro entidades aquí para destruir?" dijo Juno. Y fíjate, no soy muy filosófico.

"Todavía no sé a qué te refieres," respondió Geno.

Oberon se mantuvo distante del lado de Geno, al igual que Puck.

"Tal vez necesito hacerme más evidente," dijo Juno. "He estado observando. Pero solo soy una entidad unida casi por las mismas fuerzas cosmológicas que los humanos pueden ser algún día. Pero probaste algo a través de la acción por una cosa.

"Entonces no destruyas la Tierra ni a ningún humano si demostramos ser dignos y yo," dijo Geno. "Ah, acercarte a quien molestaste a los seres humanos," dijo Juno. "Recuerda que todo es un sueño pero dentro de un sueño."

"Bueno, sí, lo recuerdo," dijo Geno.

"Bueno, te refieres a mi amigo, uno de mis últimos amigos después de esta tragedia," dijo Juno.

"Tenían razón," dijo Juno con voz cada vez más débil, y luego, de repente, Geno fue golpeado por un haz de luz pulsante y aterrizó en la cubierta de Joxer, la nave espacial.

XII

Geno woke up to Ignacio on Lunar Base.

"Oh my god, what happened?" said Ignacio. "The Earth's core is becoming unstable."

Geno looked around. He still had all his badges and devices. A beeping sound emitted from his body, and he started to fumble around his suit for the microchips given by his father. Geno had a throbbing headache.

"Here, take these microchips," said Geno. "Just take them and input them into the global defense system and computer."

"Are you certain there are only a few humans left on Lunar Base?" asked Ignacio.

"Yes. Do it," answered Geno.

Despite the fact that Geno and Ignacio had just been inducted into the planetary defense for geology, Ignacio obeyed Geno's orders. Suddenly, Earth's geologic stability alert system went to stage 2. But the damage had already been done to Earth's climate and geology. Evacuations were proceeding as planned.

"You saved countless lives," said Ignacio. "How did you do it?"

"Thanks, but no, thanks," said Geno about repeating the story.

"Do you know how you got here?" asked Ignacio.

Geno smirked. *I got here only through a fairy tale.* "What's going on on Earth?" asked Geno.

"Earth's geology and climate are still unstable!" shouted Ignacio, going to another console.

Geno felt like puking. He got up from the floor and made his way to the nearest private quarters onboard Lunar Base. Over a sink, Geno splashed some water to his face and patted the back of his sweaty neck with a towel. After he finished drying his face, Geno patted around his suit for one last microchip.

"Forgetting something?" asked a voice Geno barely recognized.

Geno whipped around and saw Oberon and the sprite, Puck.

Oberon grabbed Geno's arm and opened his fist. In it was the key to Earth's future and the future of humanity. "But what is it?" asked Geno. "I'm just glad to see my friend before we evacuated."

"Well, hurry along and give it to Ignacio," said Oberon.

"Yes, sir," said Geno.

Geno ran through all the corridors and finally came across Ignacio and some civilians and a cadet. Who would understand him? Was it too late? "Here," Geno said to Ignacio. "Input this schematic to save Earth. It's just not any other microchip."

The cadet gave him a weary-eyed look. The civilian quickly left the room, noticing that this had nothing to do with the evacuation. Ignacio grabbed the microchip.

"Well, will this save Earth?" asked Ignacio.

"Something close to it," Geno quipped.

Ignacio inputted it, and it showed a schematic of some kind of sphere—a couple of centuries before the establishment of the planetary defense of geology referred to as Dyson sphere. Some of the technology in the year 2350 resembled it, but the microchip went beyond a schematic to save Earth.

Ignacio was elated. "This has the potential to override the planetary defense geologic grid for the best, including Earth's and Mars's," he said. The planetary defense geologic grid now had enough power to subdue and change the geologic forces affecting Earth.

Geno went to the docking bay area to return to Earth. He was fed up with this space travel and potentially saving humanity; it just wasn't in his credentials. At the ferry bay dock, Geno heard a thud. Ignatius was there. "Geno, I think you're forgetting something. I don't know what it is, but it's one of those centuries-old things that fascinate me," he said.

Geno grabbed the item from his hand and nodded. And Ignacio quickly went back out through the other dock door. Geno opened his hand. It was a Chinese fortune cookie. Geno broke it in half. And it read, "Is *all* that we see or seem but a dream within a dream?"

* * *

Geno despertó a Ignacio en la Base Lunar.

"Oh, Dios mío, ¿qué pasó?" dijo Ignacio. "El núcleo de la Tierra se está volviendo inestable."

Geno miró a su alrededor. Todavía tenía todas sus insignias y dispositivos. Su cuerpo emitió un pitido y comenzó a buscar a tientas en su traje los microchips que le había dado su padre. Geno tenía un dolor de cabeza palpitante.

"Toma, toma estos microchips," dijo Geno. "Solo tómelos e introdúzcalos en el sistema de defensa global y la computadora."

"¿Estás seguro de que solo quedan unos pocos humanos en la Base Lunar?" preguntó Ignacio.

"Sí. Hazlo," respondió Geno.

A pesar de que Geno e Ignacio acababan de ser iniciados en la defensa planetaria de la geología, Ignacio obedeció las órdenes de Geno. De repente, el sistema de alerta de estabilidad geológica de la Tierra pasó a la etapa 2. Pero el daño ya estaba hecho en el clima y la geología de la Tierra. Las evacuaciones se estaban llevando a cabo según lo planeado.

"Salvaste innumerables vidas," dijo Ignacio. "¿Cómo lo hiciste?"

"Gracias, pero no, gracias," dijo Geno sobre repetir la historia.

"¿Sabes cómo llegaste aquí?" preguntó Ignacio.

Geno sonrió. Llegué aquí sólo a través de un cuento de hadas. "¿Qué está pasando en la Tierra?" preguntó Geno.

"¡La geología y el clima de la Tierra aún son inestables!" gritó Ignacio, dirigiéndose a otra consola.

Geno sintió ganas de vomitar. Se levantó del suelo y se dirigió a las habitaciones privadas más cercanas a bordo de la Base Lunar. Sobre un fregadero, Geno se echó un poco de agua en la cara y se golpeó la nuca sudorosa con una toalla. Después de que terminó de secarse la cara, Geno palmeó su traje en busca de un último microchip.

"¿Olvidando algo?" preguntó una voz que Geno apenas reconoció.

Geno se dio la vuelta y vio a Oberon y al duendecillo Puck.

Oberon agarró el brazo de Geno y abrió su puño. En él está la clave para el futuro de la Tierra y el futuro de la humanidad. "¿Pero, qué es esto?" preguntó Geno. "Estoy contento de ver a mi amigo antes de que evacuemos."

"Bueno, date prisa y dáselo a Ignacio," dijo Oberón. "Sí, señor," dijo Geno.

Geno corrió por todos los pasillos y finalmente se encontró con Ignacio y algunos civiles y un cadete. ¿Quién lo entendería? ¿Es demasiado tarde? "Aquí," le dijo Geno a Ignacio. "Ingrese este esquema para salvar la Tierra. Simplemente no es cualquier otro microchip."

El cadete lo miró con ojos cansados. El civil salió rápidamente de la habitación, notando que esto no tenía nada que ver con la evacuación. Ignacio agarró el microchip.

"Bueno, ¿esto salvará la Tierra?" preguntó Ignacio. "Algo parecido a eso," bromeó Geno.

Ignacio lo ingresó y mostró un esquema de algún tipo de esfera, un par de siglos antes del establecimiento de la defensa planetaria de la geología conocida como la esfera de Dyson. Parte de la tecnología en el año 2350 se parecía, pero el microchip fue más allá de un esquema para salvar la Tierra.

Ignacio estaba eufórico. "Esto tiene el potencial de anular la red geológica de defensa planetaria para lo mejor, incluida la de la Tierra y la de Marte," dijo. La red geológica de defensa planetaria ahora tenía suficiente poder para someter y cambiar las fuerzas geológicas que afectan a la Tierra.

Geno fue al área de la bahía de atraque para regresar a la Tierra. Ya estaba harto de este viaje espacial y de salvar potencialmente a la humanidad; simplemente no estaba en sus credenciales. En el muelle de la bahía de transbordadores, Geno escuchó un golpe. Ignacio estaba allí. "Geno, creo que te estás olvidando de algo. No sé qué es, pero es una de esas cosas centenarias que me fascinan," dijo.

Geno agarró el artículo de su mano y asintió. E Ignacio volvió a salir rápidamente por la otra puerta del muelle. Geno abrió su mano. Era una galleta de la fortuna china. Geno lo partió por la mitad. Y decía: "¿Es todo lo que vemos o parecemos sino un sueño dentro de un sueño?"

CPSIA information can be obtained
at www.ICGtesting.com
Printed in the USA
BVHW011726131222
654112BV00022B/622